Vte De Richemont.

P. 1842.

LA RENOMMÉE.

BIOGRAPHIE GÉNÉRALE DES DÉPUTÉS.

NOTICE

SUR LA VIE ET SUR LES TRAVAUX

DE M. LE VICOMTE

DE RICHEMONT,

DÉPUTÉ,

Dédiée aux électeurs de Marmande (Lot-et-Garonne).

PARIS.

Aux Bureaux de LA RENOMMÉE,

Biographie générale, Revue Littéraire,

RUE NOTRE-DAME-DES-VICTOIRES, 14,

Et à tous les Dépôts de Publications.

JUIN 1842.

Paris. — Imp. de C. BAJAT, r. Montmartre, 131.

NOTICE

sur

M. G. DE RICHEMONT.

M. le vicomte de **RICHEMONT**.

En tout temps, nous nous sommes montré ami du progrès par nos paroles et par nos écrits, et la réforme électorale n'a rencontré nulle part de plus chauds partisans que nous, car elle doit introduire dans la Chambre représentative un plus grand nombre de capacités. Mais, qu'on ne s'y méprenne pas.

1842

cette mesure aura aussi son mauvais côté, et nous allons le prouver.

D'abord, le législateur, en élevant le cens électoral, de façon à restreindre les droits à la candidature, a eu principalement pour but de composer la représentation nationale de citoyens, qui, par leur position sociale, par leurs richesses, apportassent, dans l'accomplissement de leur mission, cet esprit de modération nécessaire au maintien de nos institutions constitutionnelles, et qui a paralysé, en plusieurs occasions déjà, depuis la révolution de juillet, les efforts de quelques hommes qui nous poussaient vers l'anarchie.

En second lieu, s'il se rencontre parmi les mandataires du pays, certains gargantuas politiques, qui, non contents de leur position, imposent leurs exigences outrecuidantes à tous les ministères, et arrachent qui des honneurs, qui des places, qui mille faveurs, dont l'obtention doit assurer leur réélection, que sera-ce donc, quand le suffrage électoral confiera la défense de nos franchises à des candidats, d'autant plus dévorés d'ambition qu'ils seront moins indépendants, parce qu'ils auront tout à gagner et rien à perdre ? Or, on ne peut nier que l'indépendance du caractère soit une conséquence rigoureuse de l'indépendance de fortune. Ayant un avenir complet à se créer, ils transigeront, aussi bien que les autres, avec leur conscience, et la différence ne sera marquée que par le prix élevé auquel ils la vendront. Dans un siècle où tout se résout par ce mot : *argent*, où le luxe est un besoin, la domination une frénésie ; dans ce siècle enfin où tout est marchandise, les choses les plus nobles, les plus saintes comme les plus profanes, l'esprit comme la matière, il n'est pas permis d'espérer que la réforme électorale fera surgir, par enchantement, près de cinq cents citoyens d'une intégrité éprouvée.

Et maintenant nous aborderons une troisième considération, qui ne nous semble pas la moins péremptoire.

Telle qu'elle est composée, la Chambre des députés, où les orateurs sont en petit nombre, nous offre souvent le triste spectacle d'un combat de personnes plutôt que de principes. Le talent de la parole est un don de la nature, et la nature en est avare ; or, malgré leur entière nullité, quelques membres, emportés par un zèle louable, il est vrai, ne craignent pas d'abuser de la patience de leurs collègues, de leur faire perdre même un temps précieux dans certaines discussions soulevées par des questions d'une haute importance, en envahissant la tribune pour parler... dans le désert.

Eh bien ! imaginez quel sera le désordre, que de paroles superflues s'échangeront, que de riens se débiteront, que de rivalités superbes se heurteront au sein de l'assemblée législative, où l'ordre, le calme et la dignité doivent avant tout régner, —quand vous y verrez siéger des hommes qui arriveront là plutôt avec le désir de briller que de développer des idées généreuses.

Tel parti qui veut assurer son triomphe, doit obéir à l'impulsion d'un chef habile. Là où il y a dissidence, il y a désordre, et il y a toujours dissidence, quand il y a plusieurs chefs dans un même camp.

Si, à la Chambre des députés, le pouvoir a besoin, pour soutenir ses mesures, d'une majorité recrutée d'hommes dont le rôle constant est de voter en sa faveur au scrutin secret, ou par assis et levé, est-ce à dire pour cela que leur dévouement soit aveugle, et qu'il résulte d'une insouciance absolue. Mais alors, — pessimistes quand même, — vous faites également la critique de l'opposition; car l'opposition, — elle aussi, — a sa phalange muette mais intelligente; et, croyez-le bien, quoique inhabiles à habiller leurs idées, il faut aux membres qui la composent une conviction sérieuse et durable pour qu'ils viennent la grossir, sinon sans honneur, du moins sans autre profit que pour leur cause.

C'est à cette phalange sacrée qu'appartient l'honorable député dont le nom figure en tête de ces pages.

M. le vicomte de Richemont (Gustave), né à la Guadeloupe, en 1807, descend d'une famille qui s'est illustrée dans la carrière des armes.

Peut-être trouvera-t-on quelque intérêt aux digressions que nous allons nous permettre sur l'origine de cette maison, qui remonte au xiiᵉ siècle.

Nous lisons d'abord dans l'histoire de la conquête de l'Angleterre par les Normands, due à la plume de M. Thierry :

« De grands espaces de pays, au nord d'Yorck, furent le partage du Bas-Breton Allan, que les Normands appellent Alain, et que ses compagnons, dans leur langage celtique, surnommèrent Fergan, c'est-à-dire le Roux. Cet Alain construisit un château-fort auprès de son principal manoir, appelé Gilling, sur une colline escarpée. Il baptisa d'un nom français ce château, qui devint sa demeure, et l'appela Richemont. »

Plus tard, le comte de Penthièvre, ayant accompagné Guillaume-le-Conquérant en Angleterre, après la mort de Conan II, qui fut empoisonné, reçut de sa munificence le comté de Richemont, composé, dit-on, de 442 fiefs.

Ce fief passa ensuite de la maison de Penthièvre dans la maison de Bretagne, par le mariage d'Alain-le-Noir avec Berthe, fille du duc Conan III et héritière de Bretagne (1137). Alain-le-Noir, à qui son alliance avait inspiré le projet ambitieux de rétablir le royaume de Bretagne, mourut, selon Geoffroy, prieur de Vigeois, par suite de maléfices qu'avait jetés sur lui Berthe, accusée, suivant d'autres traditions, d'avoir convolé à de secondes noces du vivant même de son premier mari.

En 1136, Conan IV, fils de Berthe et d'Alain-le-Noir, devint duc de Bretagne, et hérita du comté de Richemont, qui appartint successivement (1171) à Constance, fille de Conan III et femme de Geoffroy, duc de Bretagne par alliance ; puis à la duchesse Alix, dont le mari, — Pierre de Dreux, — ayant, dans les fréquentes variations de sa politique, quitté le parti du roi d'Angleterre pour celui de la France, fut dépossédé du comté de Richemont par le roi Jean-sans-Terre.

En 1275, Jean Ier dit le Roux, duc de Bretagne, en mariant son fils avec la fille du roi d'Angleterre, obtint de celui-ci la restitution de ce comté.

Un des ancêtres de M. le vicomte Gustave de Richemont, Arthur ou Artus de Bretagne, duc de Richemont, et second fils de Jean V, duc de Bretagne, suivit le parti des Armagnacs et se distingua à la malheureuse bataille d'Azincourt (25 octobre 1415), et où il fut blessé et fait prisonnier par les

Anglais, qui le retinrent à Londres jusqu'en 1420.

Il ne recouvra sa liberté qu'en s'unissant au parti du duc de Bourgogne, fils de Jean-sans-Peur, tué sur le pont de Montereau par Tanneguy-Duchâtel, gentilhomme breton. Pourtant, il revint sous les drapeaux de Charles VII, qui le nomma connétable, après la mort de Jean Stuart, tué en 1424 à la bataille de Verneuil.

Ce Richemont, envers lequel Charles VII se montra longtemps ingrat, négocia, en 1455, le traité d'Arras, qui fit rentrer le duc de Bourgogne, Philippe-le-Bon, dans le devoir.

En 1457, il devint duc de Bretagne, sous le titre d'Artur III, par la mort de Jean VI, son frère, et par celle de ses neveux, François, Gille et Pierre, mais il ne régna que quatorze mois et quelques jours, et mourut à Nantes, dans un âge avancé, en 1458.

Le député dont nous venons de tracer rapidement la glorieuse généalogie est fils du colonel comte de Richemont. L'un de ses parents, général de brigade a succombé au combat de Leipsick ; un second, lieutenant de dragons, a été tué en Espagne ; un troisième enfin a été victime de son humanité, en faisant distribuer des vêtements et des secours à des prisonniers espagnols décimés par le typhus.

M. Gustave de Richemont est neveu d'un ancien

député, le comte de Dijon, dont la philanthropie est généralement connue, et qui a fait ériger à Nérac une statue de Henri IV. On voit, dans la salle des conférences de la Chambre des députés, une épreuve en plâtre de cette statue. M. de Richemont est aussi gendre du lieutenant-général vicomte d'Armagnac, l'une des plus brillantes illustrations de l'Empire, dont il a fait toutes les campagnes. M. le vicomte d'Armagnac a été gouverneur de Madrid.

Le frère aîné de M. de Richemont, — ancien officier supérieur d'état-major et aide-de-camp du général d'Armagnac, doit à sa position de fortune et à son noble caractère, la haute considération dont il jouit dans le département de la Gironde, et récemment encore il a refusé la candidature que lui offraient trois colléges électoraux.

Après avoir terminé ses études, M. Gustave de Richemont fut également destiné à la carrière militaire, et entra à l'Ecole militaire en 1825; mais cet enthousiasme belliqueux, qui s'emparait de la jeune génération, grandie sur le volcan révolutionnaire, n'existait plus alors. La France, fatiguée de conquêtes, n'offrait plus à ses enfants l'occasion de s'illustrer en affrontant les combats; force fut à M. de Richemont de renoncer à l'avenir qu'il avait rêvé, à la lecture des grandes actions de ses aïeux, et il sortit de l'Ecole militaire en 1827.

Possesseur d'une immense fortune, M. Gustave de Richemont se laissa nonchalamment aller au courant de la vie, aspirant avec délices, tout ce que le vent de la postérité lui apportait d'air vivifiant et embaumé, et écartant de son front les soucis du travail qui ne creusent que des rides.

C'était peut-être de l'égoïsme ; mais aussi c'était sagesse. Cependant, M. de Richemont sortit de son heureuse apathie , — tant il est vrai que l'homme n'est bien que là où il n'est pas , — et accepta les fonctions de membre du conseil général de son département, quand elles devinrent l'œuvre de l'élection.

La candidature de Villeneuve et de Nérac lui fut offerte : il la refusa, mais ne résista pas longtemps aux conseils de ses amis ; le 11 novembre 1857, il se présenta comme candidat au collége électoral de Marmande (Lot-et-Garonne), et l'emporta sur son concurrent, M. le vicomte Bastard de l'Étang, député sortant.

M. de Richemont n'aborde jamais la tribune, parce que, nous le répétons, le talent de l'improvisation est fort rare. Par suite d'un dédain profond pour les discussions oiseuses, et se défiant trop peut-être de ses propres forces, il vote néanmoins, avec discernement, en faveur des propositions qui lui semblent devoir maintenir nos institutions.

Ainsi, il a fait partie des 221 ; il a repoussé la loi des apanages et les fortications, et a soutenu la proposition de M. Rémilly, relative aux députés fonctionnaires publics. Chaque fois que cette importante question est revenue sur le tapis, M. le vicomte de Richemont a prouvé qu'il était conséquent avec lui-même en votant en sa faveur. Il a également ment appuyé la proposition Ducos, pour l'adjonction des capacités.

Ce sont là, évidemment, des titres suffisants pour perpétuer la réélection de M Gustave de Richemont, qui, d'ailleurs, ne peut souffrir aucune difficulté, malgré les efforts de la camarilla ministérielle.

A. B.